CW01072388

Cuentos de intriga de la hormiga Miga

Emili Teixidor

Ilustraciones de Gabriela Rubio

Primera edición: junio 2001
Quinta edición: agosto 2003

Colección dirigida por Marinella Terzi

© Emili Teixidor, 2001
© Ediciones SM, 2001
   Joaquín Turina, 39 - 28044 Madrid

ISBN: 84-348-7756-2
Depósito legal: M-29569-2003
Preimpresión: Grafilia, SL
Impreso en España / *Printed in Spain*
Orymu, SA - Ruiz de Alda, 1 - Pinto (Madrid)

Cómo empieza todo

LA hormiga Miga dijo:

—Ahora que tenemos un nuevo hormiguero y una nueva reina, también tendríamos que hacer cosas nuevas.

Todas las hormigas se miraron alarmadas
y miraron luego a la Reina Nueva y Coro-
nada que también parecía sorprendida.

La hormiga Miga era demasiado lista y
traviesa para su gusto.

Tenía siempre la cabeza llena de ideas
nuevas, y siempre quería realizarlas enseguida.

Y no solamente quería hacerlas ella, sino
que intentaba que los demás la ayudaran a
llevarlas a cabo.

—Tenemos que establecer nuevas costum-
bres —continuó.

—Cálmate, Miga —le recomendó la reina—, que se nos cae encima el invierno y tenemos que enterrarnos en el fondo del nido para escapar del frío y descansar toda la temporada hasta que el sol vuelva a calentar la tierra.

La abuela Homigüela añadió:

—Si no dormimos muy quietas y encogidas, tendremos hambre y en invierno no podemos salir a buscar comida porque fuera hay lluvia y nieve.

Su amiga Maga dijo:

—Los alimentos que hemos almacenado para pasar el invierno se acabarán enseguida si nos movemos mucho y comemos demasiado.

—Disponemos de lo justo para ir tirando y esperar la primavera —comentó Muga.

La hormiga Miga protestó:

—¡Pero pasarse noches y días durmiendo no es ir tirando sino no ir a ninguna parte!

La hormiga Mega puso más pegas:

—Nuestra especie siempre se ha protegido con ese estado de inactividad al que llamamos letargo mientras dura el mal tiempo.

—No podemos cambiar el estado letárgico —dijo la abuela Hormigüela.

—Como no podemos cambiar el camino ni el calor del sol —exclamaron al mismo tiempo Maga, Mega y Muga.

—Ni podemos pedir a la tierra que crezca y madure el trigo en pleno invierno —acabó la reina.

Y el hormiguero en pleno declaró:

—¡Siempre se ha hecho así!

La hormiga Miga se desesperó:

—No podemos ordenar al sol que caliente más, pero podemos encender fuegos.

—¡Eso es distinto! —protestó la reina.

—No podemos segar el trigo en invierno, pero podemos almacenarlo para disponer de él en cualquier momento del año.

—¡Eso ya lo hacemos! —dijo la abuela Hormigüela—. Pero no es suficiente para alimentar más actividades que las del buen tiempo.

—No podemos cambiar el mal tiempo, pero podemos construir un cobijo para protegernos.

—¡Eso también lo hacemos! —dijo la reina—. ¿Qué es este hormiguero sino nuestro cobijo, nuestro refugio?

—Pues eso mismo es lo que intento deciros: que si una hormiga una vez hace muchos años no hubiera inventado los hormigueros para protegerse, si no hubiera calculado que los granos de trigo hay que guardarlos a tiempo cuando los campos están llenos de espigas para poder comer algo cuando los cultivos están pelados y nevados y no hay nada, hoy no estaríamos aquí porque habríamos muerto de hambre y de frío.

—¡Te he atrapado, Miga! —gritó la reina—. Aquellas hormigas que tiempo atrás descubrieron los nidos y los almacenes de grano para protegerse del frío y del hambre, también descubrieron el letargo para defenderse comiendo menos y descansando más.

—Así ahorramos calor y manduca —añadió la abuela Hormigüela.

—Es un gran invento —comentó todo el hormiguero.

Pero la hormiga Miga levantó las patas y pidió paz:

—¡Un momento! Escuchad un momento con atención.

Se hizo un gran silencio en el nuevo hormiguero.

—No quiero discutir más. Si quisiera continuar la discusión, podría decir que si nos contentáramos con hacer lo que hemos hecho siempre, ninguna hormiga de las que estamos aquí en este momento habría decidido abandonar el viejo nido y apoyar a la nueva reina para formar un nuevo hormiguero. La tradición también impone renovación.

Se levantaron algunas voces de protesta que Miga apaciguó con un movimiento de patas.

—Os propongo una cosa muy sencilla.

Hizo una pausa para estimular el interés de la asamblea.

—Una prueba que si sale bien, repetiremos, y si no os gusta, abandonaremos.

Nueva pausa.

—Ya que en invierno no podemos mover el cuerpo, moveremos el cerebro.

Se escucharon algunas voces que aseguraban que a menudo mover el cerebro cansa más que mover el cuerpo.

—Podemos mantener los ojos cerrados y las orejas abiertas.

Otra pausa:

—En resumen: aprovecharemos el descanso invernal para contar cuentos, fantasías, pequeñas historias.

—¿Qué clase de historias? —quiso saber la reina, aplaudida por las protestonas.

—Unas que he inventado para matar el aburrimiento. Y para enseñaros los trucos y las astucias de las hormigas, otros animales y algunos humanos. Así, cuando llegue la primavera y de nuevo asomemos la cabeza fuera, tendremos más ingenio y más palabras. Quizá.

Las hormigas, con la reina al frente, juzgaron la propuesta bastante razonable y la aceptaron.

—¡Empieza ya! A ver cuántos cuentos cuentas.

1 Cuento primero, que empieza como todos los cuentos

Érase una Vez que quería saber cuántas veces tenía que dar la vez y la voz para que todos los niños y niñas fueran felices de una vez por todas y comieran perdices todas las veces.

partridge

2 Cuento pobre

Este era un cuento tan pobre que no tenía nada de nada: ni historia, ni protagonistas, ni héroes buenos ni malos, ni siquiera brujas *fairy* ó hadas. Y lo que lo hacía más pobre era que no tenía ilustraciones. Ante tanta pobreza, las mismas letras y palabras y frases del cuento decidieron estallar en la cabeza del lector y convertirse en ilustraciones invisibles y fantásticas.

Desde entonces, la riqueza de todos los cuentos depende solo de la capacidad y la gracia de los lectores para lograr la explosión de las palabras en su cabeza en mil formas, dibujos y colores cuando los escuchan o los leen.

14

3   Cuento del gusano de luz sin luz

ÉRASE una vez una luciérnaga que se quedó
sin la luz verdosa que desprendía. La pobre
acudió al electricista para que arreglara la
avería pues una luciérnaga sin luz no luce ni
nada. Pero el electricista le dijo que no podía
hacer nada por iluminarla de nuevo ya que
no veía enchufes ni cables por ningún lado,
que su luz no venía de hilos ni aparatos, que
salía de su interior, de su naturaleza.

Entonces la luciérnaga apagada visitó al
veterinario, que le dijo que el apagón era de-
bido seguramente al cansancio o a la tristeza,
que los seres tristes y cansados se apagan, que
lo mejor que podía hacer era consultar con
el médico o el psiquiatra, que es el médico
del alma.

El psiquiatra le indicó a la luciérnaga que se tumbara sobre un diván y le pidió que empezara a hablar para sacar de su cerebro todos sus recuerdos: los buenos, los malos y los regulares.

La luciérnaga se pasó hablando mucho tiempo, repartido en varias visitas de una

hora, hasta que su interior se quedó vacío. Mientras la paciente iba sacando recuerdos fuera, el psiquiatra estaba atento con un arma médica, un bisturí muy fino para anestesiar pedazos de memoria y convertirlos en olvidos e incluso borrarlos del todo si sobraban. Así atacaba los malos recuerdos y con-

servaba en un tarro desinfectado los recuerdos buenos y bellos.

—Recuerda que también te llamas noctiluca, que es un compuesto de noche y luz, y que todos llevamos dentro luz y oscuridad, pero la noche debe ser poquita y la luz mucha para orientarnos en la oscuridad.

Cuando la luciérnaga no tuvo más que decir, el médico le ordenó descansar unos días y alimentarse solo con los buenos recuerdos y las alegrías del tarro desinfectado. Así, lentamente, animada por las raciones de felicidad pasada, la luciérnaga recobró el contento y volvió a encenderse de nuevo. Se iluminó otra vez como antes del bajón, y desde entonces procuró almacenar todas las alegrías que encontraba y mostrase siempre risueña, no fuera a apagarse de nuevo y convertirse en uno de esos seres que van por el mundo tan apagados que casi dan miedo. Quizá porque no saben que llevan una luz dentro o porque no saben cómo hay que alimentarla para que se encienda.

4 Cuento de entrada y salida

UNA hormiga entró en una nuez por una grieta de la cáscara y se puso muy contenta al ver el manjar que le esperaba dentro. Comenzó a comer para recuperar fuerzas y regresar pronto al hormiguero a dar la buena noticia del hallazgo. Con la barriga llena intentó salir, pero había engordado tanto que no pudo pasar por la abertura.

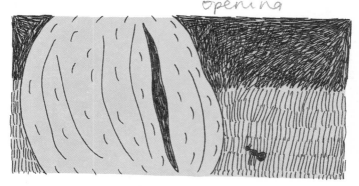

5   Cuento de la inmensidad de la gota de agua

EL mar es inmenso para los humanos, pero una hormiga se puede ahogar en una gota de agua.

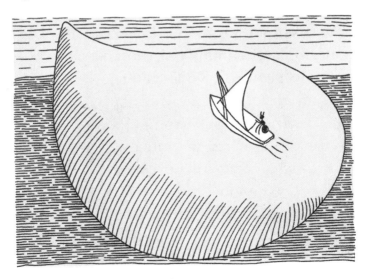

6   Cuento de subida y bajada

SUBE que sube un caracol
por la hoja verde de una col
y su camino es tan, tan lento
que solo verlo es un tormento.
Una hormiga le da este aviso
para salir del compromiso:
«Cambia el rumbo y déjate ir,
baja y no tendrás que sufrir».
Y sin esfuerzo el caracol
se deslizaba sin control.
Hasta caer al pie del tallo,
la concha rota y algún callo.
Bajó tan rápido y profundo
que parecía el fin del mundo.
Y desde abajo mira al cielo
para exclamar con desconsuelo:

«¿Qué hago yo aquí? Subir no puedo,
solo pensarlo me da miedo.
Si aquí no como como arriba
como no como, no hay quien viva».
Otro aviso le da la hormiga
para que acepte la fatiga: *tiredness*
«Te aburrirás si no trabajas,
y si no subes, siempre bajas».

7 Reflexión sobre el cuello de la jirafa

La jirafa es mi amiga. Un amigo es el que arrima el hombro para ayudarte. Pero la jirafa pone el cuello para ayudarme porque no tiene hombros. ¡Claro, solo los hombres y algunos pocos animales como los monos tienen hombros! ¡Los hombros de las mujeres debieran llamarse mumbreres! ¡Los hombros de los hombres y las mumbreres de las mujeres!

No he preguntado nunca a la jirafa si para mantener el cuello tan tieso sin cansarse tiene una columna como la vertebral, que sería la columna collaral. A lo mejor se ha tragado una columna de mármol. ¿Podríamos instalar un ascensor en el cuello de la jirafa? Así podría subir y bajar los alimentos y los sonidos sin tanto esfuerzo, pero no sé si hay fabricantes ni instaladores de ascensores de cuellos de jirafa. Cuando los hombres de negocios se den cuenta de que los amigos ponen el cuello por nosotros y a veces ellos también necesitan protección y ayuda, empezarán a fabricar ascensores para cuellos de jirafa o cuellos de amigo. Si no ayudamos a los amigos que ponen el cuello por nosotros, ocurrirá que el cuello se les caerá a un lado o se les enredará en un nudo porque la columna vertebral del cuello de los amigos es la amistad y no los huesos y las vértebras. Con huesos y vértebras se mantiene el cuello de carne, pero la amistad es como la columna de mármol invisible que mantiene la cabeza en su sitio.

La jirafa es la mejor amiga porque tiene el cuello más largo que nadie. Quizá haya alguna serpiente que tenga el cuello más largo, pero nadie sabe medir dónde empieza y dónde acaba el cuello de una serpiente de gran longitud. Sin embargo el cuello de la serpiente se dobla porque le falta la firmeza de la columna vertebral de la amistad. Por eso

las serpientes tienen fama de traidoras y no son muy amigas de nadie.

La hormiga tiene sueños cortos y la jirafa tiene sueños largos. Los sueños grandes no cabrían en la cabeza de la hormiga, por eso nos hemos quedado a ras de tierra. Hay que soñar grandes sueños para llegar a lo más alto del bosque.

La hormiga sueña que se transforma en una perla y la jirafa que se transforma en una columna altísima o un rascacielos. La hormiga sueña que es un granito de mijo y la jirafa que es una palmera.

La hormiga se contenta con las migajas de pan, mientras que la jirafa se traga las barras enteras.

Cuando se enfada, la hormiga es una mota de polvo y la jirafa es un viento huracanado.

8 Cuento del perro comprado

Este era un perro muy fiel que no tenía dueño.

Pero como no tenía dueño, no podía ser fiel a nadie, así que decidió buscarse un amo al que servir y serle fiel. Eso era lo que más deseaba.

Se colocó el perro en una esquina muy transitada a ver si algún amo o ama se fijaba en él y aceptaba sus servicios y su fidelidad.

Pero la gente pasaba a su lado apresurada y preocupada y no se daba cuenta de su presencia. Y los pocos que lo hacían, le miraban con disgusto y exclamaban:

—¡Huy, un perro abandonado, sin dueño!

—¡Un perro de la calle, nunca lo adoptaría!

—¡Un perro sin familia conocida!

En vista del fracaso, el perro decidió seguir al transeúnte que le pareciera más adecuado para ser su dueño y continuar detrás de él hasta que aceptara su compañía.

El primero fue un hombre importante que, antes de entrar en un restaurante de lujo en el que no admitían perros, le dio una patada y le obligó a largarse.

El segundo era una viejecita amable, que llamó al servicio de recogida de perros abandonados del ayuntamiento para que se preocuparan del perro perdido. El perro huyó despavorido antes de que llegaran los guardias.

Y el tercero fue un chico que se agachó para acariciarlo y preguntarle si quería estar con él, si quería ser suyo; pero sus padres se enfadaron al darse cuenta de que se paraba en la calle para hablar con un perro y le obligaron a levantarse enseguida y a seguir a su lado haciéndole prometer que nunca más tocaría a un perro de la calle.

El perro suelto se quedó muy triste, porque aquel parecía un buen amo. Pero al poco

rato del encuentro el chico volvió, esta vez solo, lo recogió en un gesto rápido y mientras lo llevaba corriendo a una tienda de animales de compañía, le explicó que obedeciera sin rechistar todo lo que le ordenara el dueño del negocio, que confiara en él, que se había escapado un momento de un restaurante cercano con la excusa de ir al servicio.

El dueño lo lavó y cepilló en un momento, lo arregló bien, le puso un collar de terciopelo en el cuello y lo colocó en el escaparate de la tienda, con una caseta al lado, rodeado de espigas verdes.

Al poco rato pasaron por delante de la tienda la familia antipática y el chico amable, y el muchacho hizo detener a sus padres ante el escaparate para admirar la belleza del perro expuesto. Dijo que quería ese perro de regalo, que era lo que le apetecía más del mundo. Que así evitaría la tentación de llevarse a casa los perros de la calle. Los padres accedieron encantados, y así fue como el perro perdido halló un amo que merecía su fidelidad.

Los padres dijeron:

—Para conocer bien el precio de las cosas, lo mejor es comprarlas.

El chico le dijo al perro:

—La amistad es libre, no se compra ni tiene precio. La encuentras y la aceptas libremente.

Y el perro pensó:

—Este chico ha luchado por mí y yo lo acepto como amo y le seré fiel sin límite ninguno.

9 *Cuento de la avispa enfadada*

Esta era una avispa que se enfadaba por cualquier motivo y enseguida sacaba su aguijón venenoso para imponer su opinión y sus puntos de vista.

Todos los animales la temían. Nadie quería discutir con ella, ni siquiera hablar con ella, ni tan solo dirigirle la palabra de tan quisquillosa como era.

Así se fue quedando sola y sin amigos.

Andaba todo el día enfadada consigo misma, hasta que un día en el colmo del enfado, sacó el aguijón venenoso y se lo clavó a sí misma.

10 Cuento de la hiena que no sabía reír

CUANDO la hiena se puso a reír, la jungla entera se asustó.

—¿De qué se ríe? —se preguntaban los animales y los humanos.

Era raro que una bestia tan cruel como la hiena, que tenía fama de no sentir nunca piedad de nadie, se atreviera a reír con aquellas risotadas secas que parecían toses.

El perro era el que se mostraba más enojado, porque todo el mundo decía que la hiena se le parecía.

—Quizá se me parezca en el aspecto externo, pero por dentro yo soy muy distinto —protestaba el perro—. Yo puedo ser fiel, buen compañero y compasivo.

Hasta que descubrieron que la hiena no se reía, solo imitaba la risa de los demás.

—Ya lo entiendo —dijo el perro—, la hiena no sabe qué es la alegría y no entiende que muchas veces la alegría es silenciosa.

—Por eso cuando se ríe da miedo —añadió el ruiseñor—, porque es una risa triste. No sabe que antes de reírse hay que descubrir la alegría.

11 Cuento de matute

smuggling

OCURRIÓ que un cuento entró de matute en el hormiguero.

Como todos los habitantes estaban trabajando, nadie pudo escucharlo y no logró explicarse a nadie.

Y la reina, que no trabajaba, no estaba para cuentos.

Así que este cuento sigue ignorado.

Es un cuento que nadie sabe porque no pudo ser contado.

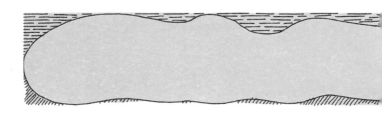

12   Cuento del todo o nada

LA palabra *todo* pesa tanto que hunde todos los cuentos donde se mete. Un solo cuento no puede contarlo *todo*. Pero si un cuento no cuenta nada, queda vacío y también se estropea. Quizá para que un cuento salga bien, tendríamos que intentar ponerlo *todo,* pero equilibrado con la palabra *nada,* que no se hunde nunca porque... nada.

13 *Cuento de la mariposa*
que no se posa

Esta era una mariposa que no se posaba nunca en ningún lado.

Por eso los animales del bosque comentaron que una mariposa que no se posa no puede llamarse mariposa, sino que debiera llamarse marinoposa, o bien marivuela, o bien marinquieta, o bien siemprevuela... o muchos nombres más que se podían inventar.

¿No se cansaba nunca de volar la mari...noposa? Sí, claro, pero entonces en vez de posarse en una flor o en la hoja de un árbol, se posaba un momento en la cola de un pájaro y así continuaba volando.

Hasta que un gorrión se dio cuenta de que llevaba una pasajera en su cola y le exigió el

billete, o sea el pago del viaje. Pero la mariposa le dijo que ella no pagaba porque era una mariposa o marinoposa polizona, una viajera clandestina, y que si la obligaba a salir de su cola se pondría en la cola de otra ave.

—Pero ¿qué gano yo con llevarte conmigo? —le preguntó el gorrión, algo molesto.

—Pues ganas que si yo me poso en tu cola, te conviertes en un pájaro más vistoso, elegante y guapo. Así puedes lucir una cola brillante de colores y gracias a mis alas rojas y amarillas y verdes te puedes comparar con los pájaros más hermosos del bosque.

—Es verdad —aceptó el gorrión—. Pues viaja conmigo tantas veces como quieras. La verdad es que no pesas mucho.

Y la maribella con un gesto muy elegante comentó:

—La belleza no pesa nada. Si pesara, la belleza se hundiría.

14   *Cuento de miedo*

Este era un niño que se despertó una vez
a mitad de la noche y se sintió tan solo y
angustiado que rompió a llorar hasta que
acudieron sus padres, sus hermanos, sus amigos y todas las personas y recuerdos amables
que se había encontrado en la vida.

Luego se dio cuenta de que en mitad del
día, según en qué lugar le pillaba, también
podía sentirse igualmente solo y angustiado,
y tenía que correr a buscar a las personas
más queridas y amigas y convocar todos los
recuerdos amables que recordaba.

A partir de entonces se dedicó a coleccio-
nar amigos y personas amables y serviciales,
y recuerdos agradables de todo tipo, incluso
recuerdos de vistas panorámicas de bellos

paisajes y rincones pintorescos de poblaciones antiguas, para acudir a ellos cada vez que se encontrara angustiado y solo, fuera a mitad de la noche o del día, a cualquier hora.

15   Cuento de las flores mustias

E<small>N</small> una ocasión las flores se pusieron enfermas. No les faltaba agua, ni aire, ni sol, pero de repente se empezaron a mustiar, luego comenzaron a perder el color, después se les cayeron algunos pétalos y muchas hojas..., de tal manera que parecían hallarse en peligro de muerte.

—Están enfermas porque están tristes —dijo el poeta oficial de la nación—, y están tristes porque nadie les habla.

Entonces el gobierno organizó escuadrones de poetas para que se pasaran el día en parques y jardines, prados y bosques, y leyeran sus más delicados poemas a las flores.

¡Oh flor hermosa
cual bella rosa...!

Los poetas se pasaban el día recitando poemas delicadísimos a las flores.

¡Oh violeta
bella y coqueta...!

Pero las flores, al escuchar la lectura de esos poemas y otros muy parecidos, se ponían todavía más tristes, mustias y descoloridas.

—No acierto a adivinar qué necesitan para

reanimarse... —exclamó el poeta oficial de la nación.

Y un cardo borriquero, que es de las plantas más resistentes junto a los cactos, porque almacena humedades, aleja a los curiosos con sus pinchos y solo da flores de color púrpura de vez en cuando, o sea cuando le apetece, dijo con un hilillo de voz porque se había quedado como un saco vacío:

—¡Aunque las plantas tengamos las flores

en el aire mirando al cielo, tenemos las raíces enterradas en la tierra y necesitamos también abono, algo de estiércol para alimentar la belleza de las flores y hacerles subir los colores a la cara! No todo el monte es orégano.

Y, entonces, llegaron jardineros robustos que abonaron la tierra de las flores mientras cantaban canciones divertidas, improvisadas y alegres como la que dice:

> Fango, barro y basura
> hacen la flor más pura.
> Basura, fango y barro
> las libran del catarro.
> Barro, basura y fango
> y a bailar el fandango.
> Para que la flor no se pierda
> hay que abonarla con...

Y todas las flores se pusieron alegres y recobraron la lozanía y los colores.

16   Cuento del ceniciento
   o la cenicienta

E_L cenicero solo es cero cuando no contiene ninguna colilla. Cuando tiene una, se llama ceniuna. Si tiene dos, cenidós, y así: cenitrés, cenicuatro, cenicinco... hasta ceniciento. Al llegar a cien colillas, el cenicero se convierte en ceniciento o cenicienta, depende del sexo. Y tiene que empezar a trabajar para limpiar la casa de cenizas y suciedad.

17 Cuento del azul del mar

—¿Sabéis por qué el mar es tan azul? —preguntó un día la hormiga Miga a sus amigos.

—Porque el azul es el color del agua —respondió la hormiga Muga.

—Porque el azul es el color más transparente —dijo Maga.

—Porque... —empezó Mega.

—Porque si fuera verde parecería un prado inmenso. Si fuera rojo, un lago de sangre. Si fuera amarillo, que el sol se ha derretido. Si fuera blanco, un valle nevado. Si fuera negro, una noche dormida o en descanso. Si fuera gris, el depósito de todas las lágrimas que provoca la tristeza.

Las hormigas sonrieron y la hormiga Miga acabó:

—Es azul, y así no podemos saber si es un espejo en el que el cielo azul se mira todo el día, o al revés, que el cielo es azul porque está formado por miles y miles de gotitas que el calor del sol empuja hacia arriba y el azul del cielo es como un mar que cuelga encima de nosotras.

18 Lista de desaparecidos, parecidos y aparecidos

EL cocodrilo va vestido de piel de bolso.

El caracol no tiene cara de col como parece indicar su nombre, sino una concha como una col, toda en espiral, y por eso debiera llamarse conchacol.

La vaca va vestida con piel de mapamundi.

El lagarto va vestido con piel de cinturón.

El pavo real lleva siempre la cola del traje del día de su boda.

El escarabajo viste con piel de zapato de charol.

La gallina pone los huevos sin tocarlos.

La mariquita viste con trozos de servilleta.

Los elefantes, cuando se bañan con fango, se pueden llamar elefangos. Y, si salen bien limpios, se convierten en elegantes.

El rinoceronte lleva el puñal en la nariz.

Al cocodrilo le gusta el coco de hilo.

Los rinocerontes blancos y los rinocerontes negros son de equipos rivales.

Los peces son los pájaros del mar y vuelan en el agua.

El tiburón tiene la boca en el pecho.

La concha es el plato natural de la ostra.

El cangrejo lleva siempre consigo el abre-latas.

El ciempiés no tiene cien pies sino cien dedos, y debería llamarse ciendedos.

El mochuelo nace con las gafas puestas.

El oso negro es de color marrón y el gris es parduzco.

La marmota duerme como un niño.

El pez viste de buzo.

El pato tiene mala pata de tener de esposa una pata mala y que su pata sea mala.

El bisonte siempre va abrigado.

El ciervo sale de casa con la percha encima.

El lobo auuuuuuuuuuulla y el león rugggggggggggggggge.

El lobo se sirve de la cola como de bufanda para que no se le enfríe la nariz al dormir.

El pato no vuela nada y no vuela, nada.

El urogallo, como otras aves, lleva el abanico en la cola.

El camaleón tiene un berbiquí en la cola y un látigo en la lengua.

El pez grande se come al chico... solo si se le pone delante de la boca.

El animal de más peso es el menos ligero.

En el bosque el que no corre, vuela.

19 Cuento del león calvo

Un león estaba muy orgulloso de su gran melena. Cuando pasaba por la selva para ir a cazar, todas las leonas lo admiraban y querían casarse con él. Cada mañana, nada más levantarse, el león se acercaba al río para lavarse la cara y peinarse la espléndida melena.

Hasta que un día notó horrorizado que algunos pelos se le quedaban en las púas del peine. Se inclinó rápidamente para mirarse en el espejo del río, y comprobó que se le empezaba a caer el pelo.

«No es posible que me quede sin melena», pensó. «Nunca se ha visto un león calvo».

Pero por más cuidados que puso para conservar la melena —ungüentos, lociones, masajes capilares...— en poco tiempo no le quedó ni un pelo.

Las leonas le miraban con tristeza, com-
padeciéndolo. Y los antílopes y gacelas que
perseguía con más furor que nunca se reían

de él a la menor ocasión y le gritaban volviendo la cabeza:

—¿Por qué no cazas tu melena, cazador calvo?

Esa burla de sus víctimas le ofendía tanto que el pobre león tenía que parar su carrera en el acto, incapaz de moverse por temor a nuevas burlas. ¿Qué hacer? El león calvo se retiró a una cueva, alejado de todos los suyos, para meditar sobre su situación.

Pensó pintarse la piel de amarillo con manchas negras y hacerse pasar por tigre o por leopardo, pero ¿y si con el sudor de las carreras y los zarpazos se le desteñía la piel?

Pensó comprarse un sombrero o anudarse un pañuelo a la cabeza como algunos piratas, pero ¿y si cuando corría a toda velocidad el viento le arrebataba el tocado?

Pensó afeitarse el bigote y la barba, e incluso las pestañas, y salir sin un pelo a la caza, pero ¿y si cogía un resfriado y los estornudos asustaban a las presas?

Tras mucha reflexión, decidió salir tal como estaba, tal como era, y anunciar que salía a cazar cabelleras, las más hermosas, para hacerse una peluca postiza y de paso pelar a todos los animales de la selva.

Así los animales sin melena se le acercaban confiados y los cazaba sin esfuerzo, y únicamente tenía que perseguir a los melenudos que huían como el viento con solo ver su cabeza pelada.

20 Cuento de la sombra de los pequeños

En un lugar desierto, un perro perdido y negro seguía a una hormiga que iba a su trabajo.

—¿Por qué vienes siguiéndome todo el rato? —le preguntó la hormiga volviendo la cabeza.

—Porque busco el refugio de tu sombra para protegerme del sol —dijo el perro.

—Pero si mi sombra es tan pequeña que ni yo misma la noto —se asombró la hormiga.

Entonces el perro levantó la cabeza hacia el cielo y dijo:

—Los seres pequeños y bondadosos tienen una nube que los sigue y los protege desde lo alto. La sombra que protege a los débiles está en el firmamento.

La hormiga levantó la cabeza hacia arriba para reconocer su sombra protectora.

—No veo nada —dijo —. Está todo negro.

—¡Claro! —exclamó el perro—. Porque yo me he puesto en medio y te la quito. Ahora tu sombra soy yo.

—¿Y no puedes dejar de seguirme y así podré aprovecharla yo?

—¿Y a ti qué más te da si no notas la diferencia?

La hormiga siguió su camino resignada a vivir, como todos los pequeños, a la sombra de los grandes.

21   Cuento de las dos canciones

¿QUÉ deben hacer dos ruiseñores cuando se dan cuenta de que cantan lo mismo, el mismo gorgorito?

Pueden llamar a otros pájaros que canten la misma canción y formar un orfeón.

Pueden apartarse lo más lejos posible el uno del otro y cantar en bosques distintos.

Pueden formar equipo y cantar de modo alterno, mientras uno canta el otro descansa, y así amenizar el bosque con música todas las horas del día y de la noche.

¡Y también pueden aprender otras melodías, claro, y no cantar siempre la misma canción!

22 Cuento del pavo real publicitario

Un pavo real se quedaba tan prendado de sí mismo cada vez que desplegaba su magnífica cola de plumas de colores que decidió dedicarse a la publicidad para aprovechar su espléndido plumaje.

—Ya que me llaman vanidoso y pagado de mí mismo —se dijo—, que me paguen de verdad si quieren contemplar mi belleza. Por algo soy un pavo real y no un pavo cualquiera. ¿Qué puedo anunciar que me dé fama y dinero?

Lo mejor sería anunciar diamantes, pero los joyeros lo rechazaron para sus anuncios porque sus joyas no se distinguían lo suficiente de los dibujos y colores de su cola.

Entonces intentó probar con trajes de novia, pero los modistos no quisieron que la cola de sus vestidos sufriera la comparación con la maravillosa cola natural del pavo.

Los fabricantes de coches tampoco lo quisieron utilizar en sus anuncios porque decían que un ave que no vuela no daría la imagen de velocidad que buscaban.

Y así tuvo que contentarse con anunciar abanicos. El pavo real abría su hermosa cola y una voz en *off* decía que «cuando abre su abanico, llega un fresco aire muy rico», y el pavo agitaba sus plumas con fuerza como si fuera un abanico de verdad.

La publicidad proporcionó mucho dinero al pavo publicitario, pero de tanto mover la cola delante de las cámaras en tantos anuncios el pobre pavo se iba quedando sin plumas hasta estar totalmente rabón. Y cuando lo vieron sin cola, los publicitarios lo despidieron y ninguna televisión quiso contratarlo más.

Entonces el pavo real dijo:

—¿Y a mí qué? ¡Con la fortuna ganada, me puedo comprar una cola nueva! Me haré la cirugía estética y volveré a ser como antes.

Así lo hizo, hasta conseguir unas plumas implantadas tan bellas como las originales.

Pero como se había quedado sin dinero para pagar las facturas de las clínicas estéticas y el plumaje postizo, tuvo que pedir de nuevo trabajo en la publicidad.

—La publicidad, ya se sabe —se consolaba—, es siempre lo mismo: repetir, repetir, repetir, hasta que te quedas sin plumas o sin dinero, o sin nada de nada.

23 Cuento de la hormiga melancólica

Esta era una hormiga melancólica que cada mañana se levantaba con cara de aburrimiento.

—¡Otro día igual! —exclamaba.

—¡Todos los días lo mismo! —repetía.

—Trabajar, hablar, comer, dormir... ¡y vuelta a comenzar! —resumía.

La reina la mandó llamar para preguntarle qué le ocurría:

—Estoy melancólica —confesó la hormiga—, sin ganas de hacer nada. Me aburre hacer todos los días lo mismo.

—Eso es estupendo —se alegró la reina—. Necesitamos hormigas como tú. A partir de hoy mismo harás cada día un poco más de esfuerzo y tendrás un poco más de trabajo.

Así cada día será distinto. Para que cada día no sea igual, haremos que cada día sea peor.

Y la reina se puso a reír, divertida.

24 Cuento de las hormigas blancas y las hormigas negras

Una hormiga blanca se perdió por el bosque y llegó a un nido de hormigas negras.

Las negras se quedaron tan asombradas que creyeron que la blanca era un hada.

El hada blanca de las hormigas negras.

Todas le pedían favores y regalos y ella las escuchaba con atención.

Como era huésped de las hormigas negras, no se atrevía a desilusionarlas y a quedar mal con ellas.

Todo el hormiguero expresó sus deseos y todas las hormigas esperaban los dones del hada blanca.

Y entonces la hormiga blanca dijo:

—Todos vuestros deseos serán realidad cuando una hormiga negra encuentre el nido de las hadas blancas. Todos los deseos del mundo están guardados en el gran almacén de las hormigas blancas.

Las hormigas negras escogieron una hormiga muy valiente para que saliera en busca del depósito de los regalos y la felicidad que custodiaban las hormigas blancas.

Tras mucho tiempo de búsqueda y muchos peligros y sudores, la hormiga expedicionaria halló en la otra punta del bosque un nido de hormigas blancas.

Las hormigas blancas recibieron con asombro a la hormiga negra. Y creyeron que era una maga.

La maga negra de las hormigas blancas.

Y empezaron a pedirle favores y dones y ella las escuchaba con atención.

Como era huésped de las hormigas blancas, no se atrevía a desilusionarlas y a quedar mal con ellas.

Todo el hormiguero expresó sus deseos y todas las hormigas esperaban los dones de la maga negra.

Y entonces la hormiga negra dijo:

—Todos vuestros deseos se harán realidad cuando una hormiga blanca encuentre el nido de las magas negras. Todos los deseos del mundo están guardados en el gran almacén de las magas negras.

Las blancas se reunieron y comentaron:

—Hace tiempo salió una compañera porque quería hallar el almacén de los deseos. Esperemos su vuelta porque quizá ya ha encontrado el nido de las magas negras y ha iniciado el regreso cargada de regalos que nos llenarán de felicidad.

Y se pusieron a esperar años y años. Cuando pasaba mucho tiempo y los hormigueros volvían a estar poblados de hormigas jóvenes, siempre salía alguna que pedía permiso para explorar el bosque a ver si encontraba la felicidad. Y todo el hormiguero trabajaba sin descanso con la esperanza de que algún día, en algún lugar, una hormiga de su nido daría con la manera de ser feliz.

25   El príncipe hormiga

ÉRASE una vez un príncipe muy joven que se convirtió en hormiga.

Su padre, el rey, se enfadó con él porque en una cacería real el príncipe se negó a matar un corzo. Y su madrastra se enfadó todavía más porque una noche el príncipe no quiso darle un beso y decirle que era la mujer más bella del mundo. Entonces los reyes decidieron castigar al príncipe revoltoso, llamaron a una bruja, y resolvieron convertir al joven en el animal más pequeño y desprotegido del mundo, para que aprendiera a apreciar la grandeza y el poder a que debía aspirar un muchacho como él.

Así un día apareció en el hormiguero una hormiga más entre las miles de hormigas que cada día entraban y salían del nido para realizar su trabajo. Nadie habría notado su presencia a no ser porque de vez en cuando el príncipe-hormiga se detenía a mitad del camino para mirar hacia arriba y exclamar:

—¿A ver cuándo se va a acabar este castigo?

Y otras veces:

—¿Cuánto va a durar este exilio?

Y también:

—¿Qué hago yo aquí, condenado a trabajar sin descanso, cuando podría tener una vida mejor?

Sus lamentos y su parada provocaban el atasco de la hilera de hormigas y su asombro por lo que decía, y así las hormigas más quisquillosas comunicaron el hecho a la reina. La reina mandó llamar inmediatamente a su presencia a la hormiga quejicosa y tras un hábil interrogatorio se enteró de la maldición que pesaba sobre su súbdito, que era en realidad un príncipe-hormiga. Pero lo que más le dolió a la reina fue que la bruja maldita hubiera considerado a las hormigas los seres más pequeños y desprotegidos del universo.

—¿Qué se ha creído esa bruja ignorante y orgullosa? —exclamó, fuera de sí—. Se va a enterar de quiénes somos las hormigas, y a no confundir más lo que las cosas parecen con lo que son de verdad, o como dicen los sabios: la apariencia con la realidad.

Entonces la reina dispuso organizar un ejército de hormigas como nunca se había visto en la historia de la humanidad ni de la hormiguidad, y poniéndose al frente del mismo avanzaron sin prisas pero sin pausas, como una nube de tormenta que tapa todo el cielo, hacia el castillo del padre y la madrastra del príncipe-hormiga. El muchacho-hormiga iba al lado de la reina, junto a los guerreros, para indicarles el camino.

El ejército avanzaba por debajo de las hierbas y matojos, por los túneles subterráneos, por las grietas de las paredes..., y un día, sin que nadie se hubiera dado cuenta del peligro, la capital y el palacio de los reyes se vieron inundados de hormigas que lo devoraban todo. Se comían las vigas de madera

de las casas hasta que éstas se venían abajo, mordían todos los alimentos hasta dejarlos en los huesos, arrancaban trocito a trocito las piedras de los edificios hasta el derrumbe, agujereaban todos los tejidos hasta dejarlos en nada... Los habitantes tuvieron que huir despavoridos ante aquella plaga. Los soldados no tenían armas para luchar contra aquel ejército tan minúsculo que parecía invisible. Por cada guerrera que cazaban, aparecían

cien. Y al fin el rey y la reina se rindieron
a la reina de las hormigas.

El pacto de rendición fue muy duro: los
monarcas debían dejar el trono a su hijo el
príncipe-hormiga y retirarse a una isla; la
bruja maldita debía desaparecer de la faz de
la tierra y vivir en adelante en lo más pro-

fundo de las cuevas más profundas, en un sitio donde no llegaran ni siquiera las hormigas, y el nuevo rey dejaría en libertad a las hormigas para que entraran y salieran como y por donde quisieran por todo el mundo.

¡Ah! Y el nuevo rey solo podría casarse

con una princesa con los pies tan delicados que anduviera apoyada únicamente sobre la punta de los dedos, igual que una bailarina, poniendo mucho cuidado en no pisar nunca ni una hormiga.

Por eso, desde entonces, las hormigas campan por sus respetos por donde les da la gana.

26 *Cuento con reloj y calendario*

Esta vez éranse tres niñas muy hermosas. La primera tenía los ojos azules como el cielo. La segunda tenía los ojos grises como el cielo. Y la tercera tenía los ojos negros como el cielo. Con ayuda del calendario y del reloj, sus amigos tenían que buscar las horas, los días y las estaciones en que el cielo era del color de los ojos de las niñas.

27 Cuento de la bruja farmacéutica

Una bruja arrepentida decidió reconvertirse en farmacéutica y abrió una farmacia con los ahorros que había conseguido en su vida anterior de trabajo brujeril.

Pero se difundió por el barrio el rumor de que la nueva farmacéutica había ejercido de bruja en su vida anterior, y nadie acudía a comprarle las medicinas por un miedo que no sabían explicarse. Como si el arrepentimiento no fuera medicina buena.

Tan fuerte fue el rechazo del barrio que la bruja tuvo que volver a su antiguo trabajo entre alambiques, hornos y probetas, mezclando sustancias exóticas, extrayendo jugos de las plantas y experimentando con pieles de reptiles.

Con el dinero que obtuvo por el traspaso de la tienda a un farmacéutico titulado, con fama de serio y honrado, la bruja instaló un laboratorio lejos de la ciudad.

Y ahora el farmacéutico titulado vende en cajitas y cápsulas las pócimas y potingues que le manda la bruja desde su Laboratorio de Industrias Farmacéuticas Jabru Asociados, con más de doscientas especialidades y un centenar de químicos trabajando a sus órdenes.

28 *Cuento de los nombres*

Un día la hormiga Miga preguntó a sus compañeras:

—¿Por qué las hormigas tenemos que llamarnos hormigas y no otro nombre?

Las hormigas se quedaron con la boca abierta. No sabían qué decir. Nunca se les había ocurrido esta pregunta. Pero como ya estaban acostumbradas a las ocurrencias de Miga, escucharon lo que siguió:

—¿Quién nos puso ese nombre? Los humanos se inventaron ese nombre para nosotras, pero yo preferiría que nos llamáramos trajinagranos, por ejemplo, o caminajuntas, o levantanidos o cavacuevas. Para que los humanos vean lo bueno que es eso de poner nombres a los otros seres sin consultar con los interesados, desde ahora a los humanos los voy a llamar pisadas, piesgrandes, zapatones o caradesuela. Pero lo malo es que no se enterarán, como nosotras no nos enteramos cuando nos bautizaron como hormigas. Bueno... nos enteramos solo las hormigas muy curiosas y lectoras después de meternos en los libros de una biblioteca que explicaban cómo fue eso de atribuir nombres a los seres sin ser consultados. Pero como los humanos todavía no entienden bien el lenguaje de las hormigas, aprovechemos su ignorancia para llamarlos llantas, pisahormigueros, piesparados, patapatanes... ¡pisotones!, ¡piesgigantes!, ¡lenguados!, ¡pipitiesos!

29 *Cuento del fin de los cuentos*

Un día en la tierra se acabaron los cuentos.

La gente, triste y aburrida, empezó a pedir cuentos a los transeúntes en las esquinas como antes mendigaban pan y queso para no morir de hambre. Ahora pedían por caridad si alguien tenía algún cuento guardado en un rincón de su casa para no morir de tedio.

Pero nadie había pensado en guardar los cuentos por si llegaban tiempos de escasez o subían de precio o se acababan como ocurría a veces con el pan, el queso, el aceite o las manzanas.

—No hay buena cosecha de cuentos esta temporada —comentaban algunos—, tendremos que esperar el año próximo.

Pero llegó el año siguiente y los cuentos no aparecían.

Los reyes y presidentes empezaron a preocuparse y decretaron que toda la población se regara la cabeza con una regadera pequeñita, como una botella de perfume, para que crecieran los cuentos. Porque se acababan de dar cuenta de que los cuentos nacían en la cabeza y si no cultivaban el cerebro se iban a quedar sin cuentos y sin historias para siempre jamás.

La sequía de cuentos llevó a que la gente se fuera quedando sin palabras. Primero desaparecieron las palabras bonitas y antiguas. Después las frases bonitas y bien hechas. Y más tarde empezaron a desaparecer los pensamientos buenos y bien construidos.

Como no tenían suficientes palabras para pensar bien, tampoco sabían inventar nada y así el mundo un día se paró en seco. No solamente habían ido muriendo las palabras y los pensamientos, sino que tampoco aparecían nuevas medicinas, ni más aviones, ni más electricidad. Nada nuevo de nada.

En los primeros tiempos la población iba tirando con las mismas palabras que repetía constantemente: pan, vino, comer, beber, bailar, jugar, amar y morir. Pero como las palabras eran tan pocas, ocurrió que con un simple gesto ya entendían si querían decir hambre o frío o sueño, y así murieron todas las palabras.

Sin palabras murió también el juego, las conversaciones y la compasión. Y enseguida desaparecieron las sonrisas, las razones y las lágrimas. Lo peor fue que al final murió el amor, porque si los amigos no se comunican, no saben nada uno del otro, no saben cómo son ni qué desean. El amor enferma.

De esta manera desaparecieron también los mundos lejanos, las personas desconocidas, los pensamientos ocultos, los sueños de ojos cerrados y de ojos abiertos, los personajes fantásticos, las historias imaginadas...

E incluso el futuro que no podían ver ni inventar. Los niños no sabían que tiempo atrás habían existido Blancanieves, Pulgarcito, la Cenicienta, Don Quijote y Sancho Panza, los Gigantes y los enanos, los dinosaurios, los dragones, las brujas y las hadas...

¿Habían existido alguna vez?

Cuando los reyes y presidentes se dieron

cuenta de que sin historias y sin fantasías, los pueblos no podían crecer bien, la tierra ya estaba a punto de perderse por el universo y convertirse en uno de esos astros de los cuales no sabemos nada de nada. Decían:

—No nos hemos ocupado suficientemente de las palabras, hemos dejado que murieran los cuentos, y ahora no tenemos historias ni Historia. Nadie sabrá nunca quiénes somos ni por qué hemos existido.

Por suerte a última hora se acordaron de una cosa que podía salvarlos de la extinción total.

Quedaban los libros.

Se habían preservado algunas bibliotecas con palabras guardadas que nos habían dejado los antepasados. Y todas las historias que habían encendido su imaginación.

Decidieron que toda la gente llevara un papel y un lápiz en el bolsillo y que cada día anotara una palabra nueva que sacaban de los libros y anunciaban por todo el mundo en cada una de sus lenguas. Y que se la aprendieran de memoria. Una palabra nueva cada día.

Así con tiempo y esfuerzo resucitaron las palabras, y la gente volvió a entenderse o a preguntarse por qué no se entendía y a imaginar soluciones, y a inventar objetos, máquinas, cosas que no habían existido nunca, y sobre todo volvió a reír y a llorar escuchando historias de miedo, de risa, de tristeza, de aventuras, de amor...

Y gracias a los cuentos, la gente pudo vivir más vidas que la suya, y a vivir su vida con mucha más fuerza.

30 Cuento final

ÉRASE una vez un cuento que era el último de todos los cuentos.

No era el último porque fuera el más tonto, sino porque le tocaba ser el último.

Era el encargado de decir:

> *Y vivieron felices*
> *y comieron perdices.*
> *Y a mí no me dieron*
> *porque no quisieron.*

Pero un día se cansó de decir siempre lo mismo y dijo:

> *Si solo comen perdices,*
> *no serán nunca felices.*
> *También necesitan cuentos*
> *que son buenos alimentos.*

Y otro día acabó así:

> Con cuentos y un calamar,
> volveremos a empezar.
> Con un calamar y un cuento,
> tenemos un buen invento.

Y otro día, así:

> Si no queréis acabar,
> hay que volver a empezar.
> Y si os gustan nuevos cuentos,
> en la mente tenéis cientos.

Índice

ERIE AZUL (a partir de 7 años)